U0053074

兒童文學叢書

・藝術家系列・

拿著畫筆當鋤頭

農民畫家米勒

喻麗清／著

三民書局

國家圖書館出版品預行編目資料

拿著畫筆當鋤頭：農民畫家米勒／喻麗清著.－－二版
二刷.－－臺北市：三民，2014
　面；　　公分.－－(兒童文學叢書‧藝術家系列)

ISBN 978–957–14–3427–8　(精裝)

1. 米勒(Millet, Jean–François, 1814–1875)－傳記－
通俗作品

859.6

© 　拿著畫筆當鋤頭
　　　　——農民畫家米勒

著 作 人	喻麗清
發 行 人	劉振強
著作財產權人	三民書局股份有限公司
發 行 所	三民書局股份有限公司
	地址　臺北市復興北路386號
	電話　(02)25006600
	郵撥帳號　0009998–5
門 市 部	(復北店) 臺北市復興北路386號
	(重南店) 臺北市重慶南路一段61號
出版日期	初版一刷　2001年4月
	二版一刷　2008年6月
	二版二刷　2014年3月修正
編　　號	S 855721

行政院新聞局登記證局版臺業字第○二○○號

有著作權‧不准侵害

ISBN　978–957–14–3427–8　(精裝)

http://www.sanmin.com.tw　三民網路書店
※本書如有缺頁、破損或裝訂錯誤，請寄回本公司更換。

攜手同行

主編的話

　　孩子的童年隨著時光飛逝，我相信許多家長與關心教育的有心人，都和我有一樣的認知：時光一去不復返，藝術欣賞與文學的閱讀嗜好是金錢買不到的資產。藝術陶冶了孩子的欣賞能力，文學則反映了時代與生活的內容，也拓展了視野。有如生活中的陽光和空氣，是滋潤成長的養分。

　　民國 83 年，三民書局董事長劉振強先生，有心於兒童心靈的開拓，並培養兒童對藝術與文學的欣賞，因此不惜成本，規劃出版一系列以孩子為主的讀物，我有幸擔負主編重任，得以先讀為快，並且隨著作者，深入藝術殿堂。第一套全由知名作家撰寫的藝術家系列，於民國 87 年出版後，不僅受到廣大讀者的喜愛，並且還得到行政院新聞局第四屆小太陽獎和文建會年度最佳少年兒童讀物獎。

　　繼第一套藝術家系列：達文西、米開蘭基羅、梵谷、莫內、羅丹、高更……等大師的故事之後，歷時 3 年，第二套藝術家系列，再次編輯成書，呈現給愛書的讀者。與第一套相似，作者全是一時之選，他們不僅熱愛藝術，更關心下一代的成長。以他們專業的知識、流暢的文筆，用充滿童心童趣的心情，細述十位藝術大師的故事，也剖析了他們創作的心路歷程。用深入淺出的筆，牽引著小讀者，輕輕鬆鬆的走入了藝術大師的內在世界。

　　在這一套書中，有大家已經熟悉的文壇才女喻麗清，以她婉約的筆，寫了「拉斐爾」、「米勒」，以及「狄嘉」的故事，每一本都有她用心的布局，使全書充滿令人愛不釋手的魅力；喜愛在石頭上作畫的陳永秀，寫了天真可愛的「盧梭」，使人不禁也感染到盧梭的真誠性格，更忍不住想去多欣賞他

的畫作；用功而勤奮的戴天禾，用感性的筆寫盡了「孟克」的一生，從孟克的童年娓娓道來，讓人好像聽到了孟克在名畫中「吶喊」的聲音，深刻難忘；主修藝術的嚴喆民，則用她專業的美術知識，帶領讀者進入「拉突爾」的世界，一窺「維梅爾」的祕密；學設計的莊惠瑾更把「康丁斯基」的抽象與音樂相連，有如伴隨著音符跳動，引領讀者走入了藝術家的生活裡。

第一次加入為孩子們寫書的大朋友孟昌明，從小就熱愛藝術，困窘的環境使他特別珍惜每一個學習與創作的機會，他筆下的「克利」栩栩如生，彷彿也傳遞著音樂的和鳴；張燕風利用在大陸居住的十年，主修藝術史並收集古董字畫與廣告海報，她所寫的「羅特列克」，像個小巨人一樣令人疼愛，對於心智寬廣而四肢不靈的人，這是一本不可錯過的好書。

讀了這十本包括了義、法、荷、德、俄與挪威等國藝術大師的故事後，也許不會使考試加分，但是可能觸動了你某一根心弦，發現了某一內在的潛能。當世界越來越多元化之後，唯有閱讀，我們才能聽到彼此心弦的振盪與旋律。

讓我們攜手同行，走入閱讀之旅。

2

簡　宛

本名簡初惠，國立臺灣師範大學畢業，曾任教仁愛國中，後留學美國，先後於康乃爾大學、伊利諾大學修讀文學與兒童文學課程。1976 年遷居北卡州，並於北卡州立大學完成教育碩士學位。

簡宛喜歡孩子，也喜歡旅行，雖然教育是專業，但寫作與閱讀卻是生活重心，手中的筆也不曾放下。除了散文與遊記外，也寫兒童文學，一共出版三十餘本書。曾獲中山文藝散文獎、洪建全兒童文學獎，以及海外華文著述獎。最大的心願是所有的孩子都能健康快樂的成長，並且能享受閱讀之樂。

作者的話

　　那一年，他二十剛出頭，經由馬車、驢車徒步輾轉的來到巴黎。一月下著雪的晚上，巴黎看起來黑暗泥濘又污穢，第一次看到聞名已久的巴黎，這個鄉下來的大孩子竟然失望得坐在馬路邊上悲傷得哭了起來。因為他離家時，家鄉人都把巴黎比喻成敗亡之都巴比倫，這一下似乎言中了。為了鎮靜自己，他走到泉水邊用冰冷的水猛拍自己的臉頰，然後取出家鄉帶來的最後一顆蘋果吃了起來……

　　那個鄉下來的大孩子就是米勒。他長得粗壯高大，說話有點口吃，在美術學校裡同學給他一個綽號叫「樵夫」。誰也不覺得他會成為有名的畫家，除了他家鄉裡的親人。

　　如果不相信命運，簡直就無法解釋這個本來該當農夫的他，怎麼後來會去當了畫家的。他的繪畫生涯前後只有 30 年，所以留下的作品不多，可是像〈拾穗〉、像〈晚禱〉、像農莊上許多的日常生活小品畫，叫人看了真是感動。

1

　　他不畫教堂，但是使你想對上天稱謝感恩，如〈晚禱〉。他不畫美女俊男壯烈與偉大的題材，卻可以一再的由平凡的生活中，為我們提煉出無處不在的愛與溫馨，如〈拾穗〉。他的畫揉和了真的「真善美」：超脫現實的「真」，充滿內在氣質的「善」，而他的美是那樣的沉重，不可能看過就忘。

很多畫家是因為結黨成派才得以留名，但米勒卻是靠他生為農夫才自成一派的。還好他當年那麼討厭巴黎，要不是他離開巴黎搬到巴比松，重回大自然的懷抱，我們就看不到他畫拾穗的婦人，也聽不到黃昏的田野中傳來的教堂鐘聲了……而這些只不過存在於一張畫的方寸之間呢。

　　每張畫不都像一個小小的奇蹟嗎？尤其是米勒的。

喻麗清

2

喻 麗 清

　　臺北醫學院畢業後，留學美國。先後在紐約州立大學、加州大學柏克萊分校任職，工作之餘修讀西洋藝術史。現定居舊金山附近。喜歡孩子，喜歡寫作和畫畫。雖然已經出過四十多本書了，詩、小說、散文、童書都有，但她覺得兩個既漂亮又聰明的女兒才是她最大的成就。

米 勒

Jean-François Millet
1814～1875

J. F. Millet

前言

　　第二次世界大戰的時候，有一位法國的藝術家移民到美國去避難。下了船，要檢查行李，海關人員看他行李袋鼓得滿滿的，就問他：「裡面裝的是什麼？」

　　藝術家嫌那問話的人態度不好，就故意開玩笑的回答：「巴黎的空氣。」

　　結果，美國人對他脫帽致敬。

　　那個藝術家名叫杜象，他就是第一個在蒙娜麗莎的臉上畫上鬍子的人，後來成為美國達達主義的健將。

　　他那句有名的「巴黎的空氣」，實在夠酷。而巴黎的空氣也的確與眾不同，那裡面有香水氣、藝術氣、沙龍氣，還有法國人的傲氣。提到法國人的傲氣，還可以跟你說個小故事。

　　現在，讓我們來想像一下：一八八九年在巴黎的一個拍賣會上。那一年的拍賣熱點是一張米勒的作品〈晚禱〉。

　　米勒生前並沒有被法國人看重，所以他一生幾乎都在貧困中度過，這時他已經死了十四年。

你一定會問：為什麼他都死了這麼久忽然又熱門起來呢？原因是那時的美國人非常喜歡收藏米勒的畫。（米勒晚年有兩位學生是從美國去的。）

當時在法國人的心目中，美國人像個暴發戶，除了錢，什麼文化也沒有。美國人呢，也有自知之明，一心要「以文化美容」，有錢人於是紛紛到歐洲去購買藝術品。而米勒畫的農民生活，最能引起他們的共鳴。

這一回，有位老法跟一位老美都看中了〈晚禱〉。你來我往的，互不相讓。

當美國人出價出到四十多萬法郎的時候，那位法國人其實已經開始心虛了。因為他自己並沒有錢買畫，是幾位美術館的董事和富商合起來出資請他代買。可是，這時候因為出價之高已經吸引了沙龍裡所有的人，法國人忽然「民族主義」起來，看了看那張米勒三十年前的畫作，把心一橫，對觀眾說：「這是我們法國人的作品，怎麼可以讓它流落異鄉？」

在場所有法國人，剎那間群情激動，還有人喊出「法國萬歲」的口號，於是大家就猛替他出價：

「五十萬，五十萬。」

美國人也不甘示弱，又往上加。

法國人已經是騎在老虎背上了，硬著頭皮，手心冒汗，只好再往上加。

美國人想了想，那又不是米勒最好的作品，何苦引來公憤？於是就放棄了。

最後，三板拍定，〈晚禱〉歸法國人所有。會場中，所有的法國人好像足球賽獲勝似的，興奮無比，拚命鼓掌，並且大唱法國國歌。

那位可憐的買畫人，回去跟投資人結結巴巴的說他花了五十多萬法郎買了張米勒的〈晚禱〉。

「值這麼多錢嗎？怎麼可能？」投資人很生氣，因為實在是拿不出這筆錢。最後〈晚禱〉還是落入老美手中。

那位開心的美國人把〈晚禱〉帶回美國，在全美國巡迴展覽了六個月之久。

然而，故事並沒有到此結束。

當時在場唱國歌的法國人裡頭，有一位百貨公司的老闆，得知〈晚禱〉還是給美國人買走，覺得太丟臉了，發誓將來要賺夠錢把畫爭取回來。後來，他果然成了大富翁，便以八十多萬法郎把〈晚禱〉贖回，捐給了羅浮宮。如今，它已成為法國的「國寶」。

晚禱，1857～1859 年，油彩、畫布，55.5×66cm，法國巴黎奧塞美術館藏。

「在一片平靜的田野裡，他們的工作平安的過去了。當落日西沉的時候，教堂裡一聲沉重的鐘聲，輕輕的橫渡了這沉寂的田野，消失到太空的無限裡去。因此這忠實的農夫，放下了鋤頭，開始向上天致謝，讓他們過了平靜的一天。這裡面帶著宗教淡淡的哀愁和對於生的滿足。」

〈農休〉、〈拾穗〉和〈晚禱〉，是米勒最有名的三張傑作。這張〈晚禱〉更是影響深遠，超現實主義的大師達利曾一再重複使用此畫的主題。

播種者，1850 年，油彩、畫布，101.6×82.6cm，美國麻州波士頓美術館藏。

6

一百年前，這個故事相當轟動。到現在聽起來也還像天方夜譚。

其實，就算是〈晚禱〉真的一直流落異鄉，米勒也依然是道道地地的法國藝術家。因為他不但是個土生土長的法國鄉下人，而且他生前也一直以「生為農夫，死

梵谷，播種者，1888 年，油彩、畫布，64×80.5cm，荷蘭奧特盧
國立庫拉‧穆勒美術館藏。

為農夫」自傲。全世界的人一提到「農民畫家」，一定第一個想到他。

　　除了一般人，在藝術家當中也有很多人崇拜他。譬如梵谷，他就佩服米勒佩服得不得了，梵谷在給他弟弟的信中說過：「當我想不出題材來畫時，我就仿米勒的作品，這帶給我很大的快樂。」梵谷仿米勒的作品之多，一九九八年的時候，法國奧塞美術館還為他們兩人開了一次特展。

第一步，1858年，黑色蠟筆、粉彩，29.5×45.9cm，美國俄亥俄州克利夫蘭美術館藏。

米勒的畫中有浪漫情懷，總想把現實畫得比現實本身美好一點。可是梵谷完全浪漫不起來，梵谷的農人、婦人都畫得很醜，風景都畫得很硬。因為米勒的身邊都是愛他和他愛的人，而梵谷一個愛人也找不到。梵谷仿米勒的作品仿了一輩子，可是從來不曾享有過米勒式的溫情，無論是在畫裡或畫外。

8

梵谷，第一步（仿米勒），1890年，油彩、畫布，72.4×91.1cm，美國紐約大都會博物館藏。

午睡，1866 年，黑色蠟筆、粉彩，29.2 × 41.9cm，美國麻州波士頓
美術館藏。

9

梵谷，午睡（仿米勒），
1889～1890 年 ， 油
彩、畫布，73 × 91cm，
法國巴黎奧塞美術館
藏。

除了梵谷，另外還有一個受他影響很深的繪畫大師，讓你怎麼猜也猜不到的。

那就是二十世紀現代畫家裡頭最有名的超現實主義大師——達利。

沒錯，就是那個瘋瘋顛顛留著兩撇向上翹起的小鬍子的西班牙畫家達利。

非常的不可思議吧？這老老實實的自然寫實者米勒還能影響到那個怪誕得無以復加的達利？

真的，在達利的傳記中，他確實說過他的第一張啟蒙畫就是米勒的〈晚禱〉。

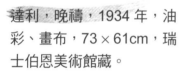

達利，晚禱，1934 年，油彩、畫布，73×61cm，瑞士伯恩美術館藏。

達利說他小時候在教會學校裡讀書，教室的門上，掛著米勒的〈晚禱〉，每次看到那張畫就有一種說不出的感傷：那位低頭默禱的農婦有如現代聖母，那個脫下帽子規規矩矩拿在手中、垂著沉重的頭的農夫，像個被壓抑的靈魂，米勒筆下那淡淡的哀愁氣氛，就像出現在他回憶中的童年一樣，使他永難忘懷。

　　誰說不是呢？米勒的畫，看過的人都會為那種神祕的詩意和淡淡的愁緒給迷住的。他筆下平凡的人物，那麼溫柔敦厚，

達利，米勒作晚禱的考古學追憶，1933～1935年，油彩、畫板，31.8×39.5cm，美國佛羅里達州聖彼得堡達利美術館藏。

超現實的畫是可以意會而難以言傳的，尤其是達利那個「半瘋子」畫出來的。達利雖然心中無神，但腦中似乎常常在思考那些形而上的問題。米勒在他心中有著崇高的地位，從這畫裡不難看出。

11

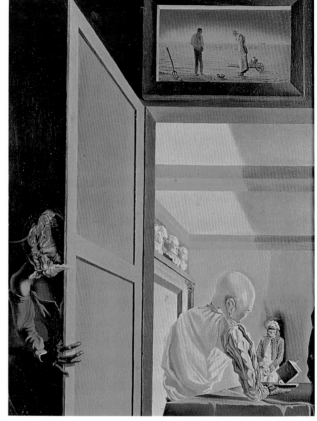

達利，卡拉與米勒的〈晚禱〉在圓錐變形前，1933 年，油彩、畫板，24.2 × 19.2cm，加拿大渥太華國家畫廊藏。

卡拉是達利的愛妻，米勒的〈晚禱〉是達利自稱影響他最深的一幅畫，畫面中兩者並存，而魔鬼幽靈般的躲在門後，好像隨時可以進來偷襲。

那麼樸實安分，要不是他後來成了畫家，他不就是其中的一個嗎？當你坐在樹下享受清靜，迎面卻走來一個疲累的農夫或者佝僂的老婦，你會不會忽然因為人的命運之不同而大大的感傷起來？這也許就是米勒作畫時心中的感覺與那說不出的詩意來源。他的藝術，寧靜致遠，難怪連達利的夢裡都會再現。

農家的孩子

米勒出生於諾曼第鄉下農莊，一個叫格呂西村的農家。對巴黎人來說，那個地方真的很土。那裡的農地土質不好，當地人的生活因此都很貧困。米勒的爸媽是標準的農民，早出晚歸，非常勤勞，幾乎整天都待在農地工作，把他交給祖母照顧。他有一位姐姐，雖然只比他大一歲半，但

幼兒看護，1863 年，黑色蠟筆，31 × 25cm，比利時布魯塞爾皇家美術館藏。

小弟弟要尿尿，小姐姐讓到一邊。媽媽只當心小弟弟別把衣褲尿溼了。我們雖然看不到小姐姐的臉，可是卻能想像出她的表情。米勒看到此情此景，一定很懷念自己的姐姐吧？這張畫中畫得最生動的就是那位小姐姐，不是嗎？

13

是跟祖母一樣非常疼愛他，像個小母親似的。後來米勒離開家鄉，畫了很多回憶童年生活的素描，都有他祖母和他小姐姐的影子。

14

找到鳥巢的孩子，約 1850 年，黑色蠟筆，24.1 × 15.9cm，美國賓州費城美術館藏。

「找到了，找到了。有三個蛋喲。」樹上的那個小孩叫著，樹底下一片歡呼。

「我用裙兜接住，你快點下來。」小女孩以為她的裙兜有多大呢！

當我們重溫童年舊夢時，這遊戲是否會帶給我們另一種啟示？人生也像那鳥巢一樣，我們期待，我們尋找，幸運的人在裡面找到鳥蛋，但有些人卻可能從樹上摔下來。

發善心（老乞丐），約 1857～1858 年，黑色蠟筆，38.5×44.4cm，美國密西根州安亞伯密西根大學美術館藏。

門口來了要飯的，媽媽教女兒拿些麵包給他。女兒怕怕的，媽媽說：「不要怕，上天賜給我們的食糧應當跟大家分享。」

米勒一生畫過很多炭筆和蠟筆畫，都是以他的妻子和女兒的日常生活做為題材，溫馨感人，可是在油彩掛帥的畫壇上，卻從未受到重視。

　　從小他耳濡目染的不是書本，而是勤快。他知道農民在田裡的勞動有多辛苦，他也最清楚當他們回家休息的時候又是多麼的愉快。

因為家裡需要幫手，所以他很晚才上學，上的學校也不很正規，他自己從來沒打算將來長大了一定要做什麼。他們農民代代守著土地，祖父種田，父親種田，他想他長大了當然也是種田的。不過，因為在學校裡他年紀比人家大，個子又比人家高，所以別的同學總是把他當「領袖」，他就這樣子養成了一種天不怕地不怕的氣度。

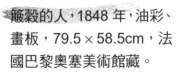

簸穀的人，1848 年，油彩、畫板，79.5×58.5cm，法國巴黎奧塞美術館藏。

吃飯容易，種麥子難，割了麥子還要去皮，真是「粒粒皆辛苦」，一點也沒有誇張。這種「土法去糠」大概已成歷史鏡頭。

持鍬的男人，1860～1862 年，油彩、畫布，80 × 99cm，美國加州馬里布保羅·
蓋帝美術館藏。

如果能用放大鏡看看這男人的臉，大概一輩子再也忘不了。畫中的這個人一定已經鋤了很久
的地，拄著鐵鍬想把彎了太久的背部直起來一下，可是實在彎得過久，腰背太痛了，只有靠
鐵鍬支撐著休息一下。他眼皮下垂，眼神看不出，嘴半張、下唇乾裂，好累啊好累，可是地
上只挖出一條小溝而已。難怪梵谷最崇拜的畫家就是米勒，因為米勒的同情心常常點燃梵谷
心中同樣的情感。

那時候的農家重男輕女，女人多半是文盲。他的祖母有一本《聖經》，裡面有許多的插圖。祖母雖不識字，但卻能指認圖畫來給他講很多《聖經》上的故事。那許多插圖，他也很喜歡。有時候，他就把那些畫描到牆上去。祖母見了開心，他就畫得更樂了。反正他是祖母的寶貝，他畫牆上地下，愛畫在什麼地方都不會挨罵。

小小的農莊，出門也不必鎖門，三代同堂是理所當然，而且誰有飯吃大家吃，米勒家也不例外，常有親戚朋友來來往往的。有一回，他頑皮，在牆上把來過他家的客人畫了下來。他姐姐第一個認出來，就嚷著說：

「看，這不是昨天跟我們一塊兒吃晚飯的叔公嗎？那位不就是牧師嗎？」

全家人都看得呆住了，因為畫得簡直像極了。而米勒從來也沒跟誰學過畫。連一向不大說話的爸爸，這時候也忍不住說道：「啊，我們的兒子真的能畫。」

那時他十三歲。他在一塊木板上畫過三個騎著驢子的人，村裡的鐵匠還用一隻雞、幾個洋山芋，跟他交換掛在鋪子裡。

做父親的實在想送他去學畫，但是一方面沒錢，一方面家中缺少人手，米勒有

夜間捕鳥，1874 年，油彩、畫布，73.7 × 92.7cm，美國賓州費城美術館藏。

個弟弟當時年紀還小幫不了多少忙。米勒是個很懂事的孩子，他從不抱怨，還是在田裡幫忙的時間比讀書畫畫的時間多。

一直到他十八歲的時候，對他的天分一直深信不疑的祖母終於忍不住了，就去跟村子裡的牧師商量。曾經教過米勒拉丁文的那位牧師也覺得米勒應當到城裡去學畫，將來成了名可以為家鄉爭光，於是想辦法到處去請人推薦米勒到瑟堡，並且還在教堂裡發動捐款給他籌足路費。

瑟堡是離米勒家鄉最近的城市，那裡有位大衛的學生開了個畫坊，看了米勒靠自修畫出來的畫，立刻收他為徒，還對米勒的父親說：「你實在耽誤他太久了。」大衛是新古典畫派的大師，所以對傳統畫法的要求比較嚴，米勒反正什麼派也不懂，就老老實實由米開蘭基羅學起。

這是米勒第一次跟家裡的人分開，他習慣了熱熱鬧鬧的家庭氣氛，如今除了學畫，還得學著不要太想家，不然怕人家笑話他不夠男子漢。

不久，他的畫不但突飛猛進，他還愛上了房東的女兒。那個嬌小的女孩子，幫著他的裁縫父親替人做衣服，每天縫縫補補的，天真可愛。米勒自己勞動慣了，對城裡的大小姐們一點興趣都沒有，他只愛跟自己一樣勤快天真的「勞動人民」。三年後，當地的議會答應供給他生活費用讓他到巴黎學畫。臨走時，他跟那個小裁縫女孩依依不捨的告別，發誓以後成了名一定回來娶她。

到了巴黎，他從第一天起就不喜歡那個地方，因為剛住下，頭一個晚上他帶去的錢就被房東太太通通偷光。在那個五光十色的大都市中，人家看他鄉下來的，土

20

裡土氣，說話慢吞吞的，還有點口吃，並且沒有什麼畫壇上有名的大師做靠山，常欺負他。但是他每次想放棄不當畫家時，又會想起家鄉的人對他殷切的期盼，不得不咬緊牙根，天天去羅浮宮埋頭畫畫，兩年後，瑟堡中止了給他的生活費，可是他

米勒夫人：波莉奴，1841～1842年，油彩、畫布，73×63cm，日本山梨縣立美術館藏。
米勒的第一位妻子波莉奴，婚後3年就因病去世了。

還沒有成名。他開始畫些肖像畫或裸體畫來賣，居然也還可以維生。可是，他愈來愈寂寞，愈來愈想念他的小愛人。又苦熬了一年，他終於回瑟堡去跟那個小裁縫女孩結了婚，並帶她到巴黎來。

那個嬌小的妻子不但是他最好的模特兒，還時常接點縫補的工作來做，日子雖然清貧，但米勒很滿足，他本來就是個愛家甚於愛藝術的人。可惜，婚後第三年，他的小妻子就因病去世了。那一年米勒三十歲。

躺臥的裸女，1844～1845 年，油彩、畫布，33 × 41cm，法國巴黎奧塞美術館藏。

米勒剛到巴黎時，靠賣裸體畫維持生計。有一天對著櫥窗裡頭自己畫的一幅裸體畫正在發呆，旁邊來了兩個過路人，其中一個問另一個說：「這是誰的畫？」另一個回答：「還不是靠色情吃飯的傢伙嗎？」米勒一聽，如刺在心，羞愧得無地自容，從此發誓：就是餓死也不畫這一類的畫了。

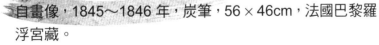

自畫像，1845～1846 年，炭筆，56 × 46cm，法國巴黎羅
浮宮藏。

米勒 31 歲的樣子。米勒個子很高，外表粗壯，個性內向，不善交
際。因為出身農家，沒上過正式學校也沒拜過名師學畫，所以後
來在巴黎畫壇常受奚落，很不快樂。這一年，他因妻子在貧病中
去世，而由巴黎回到家鄉，心中充滿了對人生的困惑與哀傷。

受不了這個打擊，米勒黯然離開了巴黎回家鄉去。在家鄉，有一個年輕女傭出於同情心時常來安慰他，日久生情，一年後米勒帶著這位才十八歲的新愛人重回巴黎。這時的米勒經歷了痛苦而漸成熟，交了幾個好朋友，畫作也開始經常在沙龍獲展並得獎。

米勒夫人：盧梅爾，1848～1849 年，黑色蠟筆，
55.9×42.9cm，美國麻州波士頓美術館藏。
這是米勒的第二位妻子。

你一定早就聽過「沙龍」這個名詞，好像巴黎到處都是，是一個很浪漫的藝術家常去的地方。

　　不過，早先法國人所謂的「沙龍」，是指羅浮宮的方形之廳，這個「廳」可不是一般的廳，它等於是官方的畫廊。每年藝術家們都要送作品到這兒來，由國家指派的美術學院評審委員們來評審，得獎的學生可以保送到義大利去「留學」，而入選的畫作，當然就留在那兒展售或直接由官方承購。

　　後來，有些落選的人非常不服氣，幾個窮畫家合起來在外頭租個大廳，你「沙龍」我也「沙龍」，把落選的作品擺出來讓一般老百姓給他們評理。結果，他們不但爭取到同情，還可以順便賣畫給大眾。「沙龍」因此變得平民化了。

25

　　米勒和米勒的畫，在巴黎的時候，人家都覺得難以歸類。他住巴黎，可是生活習慣還像在鄉下，日出而畫，日入而息，不會花天酒地，也不喜歡結黨成派。他食量大，每次吃飯都不大敢在朋友面前開懷大吃，只有在馬車夫們聚集的酒吧中他才覺得吃飽喝足了，他從來就沒有喜歡過巴黎。而他的作品，往往是為了得獎或者容

易找到買主而畫，所以並沒有自己獨特的風格，他雖然畫得不錯，但沒有人把他當一回事。

直到一八四八年法國鬧革命，巴黎城裡一片混亂，次年又有痢疾大流行，那時米勒已有三個小孩，二女一男，他很擔心妻兒的安全，想了很久終於跟太太說：「我們回鄉下去，好不好？」

那一位忠心耿耿的太太說：「無論你怎樣決定都好。」

於是把留在沙龍裡的畫草草安排了，讓兒子騎在他的脖子上，雇了輛驢車，米勒一家就頭也不回的離開了巴黎。

月光下的牧羊場，1872 年，油彩、畫板，39.5 × 57cm，法國巴黎奧塞美術館藏。

重回大地的懷抱

離巴黎愈遠，米勒愈覺得踏實。

走到六十公里外的巴比松，投宿在一家小小農舍，米勒一早起來，看見太太已經跟農婦去田裡摘玉米，兒子已經在門口跟別的小孩打成一片，他站在核桃樹下望見遠方那一大片迷人的森林好像在向他招手，他心中充滿了童年的滋味與感動，不覺自言自語：就在這兒，就在這兒重新開始吧。

就在那兒，就在那個叫做巴比松的農村，他不但重建了他的家園並且開創起自己獨有的風格。日後巴比松畫派的中心人物之一就是他，更是他連做夢也不曾料到的。

28

早在米勒決心定居這裡的十年前，已有一批要以自然為師的畫家在巴比松作畫了，可是人家看重的是那一片楓丹白露的森林，但米勒認為森林是屬於貴族的，農田才是平民的。所以當別的畫家背著畫具到森林去寫生時，米勒卻朝相反方向的那一大片麥田走去。

春景，1868～1873 年，油彩、畫布，86 × 111cm，法國巴黎奧塞美術館藏。
此畫一直到 1878 年才第一次展出，那時米勒已去世了 3 年，他死時只有 60 歲。

野菊花，1871 年，粉彩，70.3 × 83cm，法國巴黎奧塞美術館藏。

躲在花後頭的是米勒的妻子或女兒，粗糙的窗檯上粗陶瓶中插著鄉間的野花，謙遜害羞的婦人與她的剪刀針線⋯⋯整幅畫令人覺得純樸而美麗，平凡卻動人！

因為這張畫是粉彩畫，使人不禁想到比米勒年輕 20 歲的粉彩畫家狄嘉。他也有一幅相似的畫：〈菊花與婦人〉，如果拿來對照著看，非常有意思。同樣題材，風格可以多麼不同。因為他倆的生活背景剛好也是強烈的對比。狄嘉是個十足的巴黎都市人，家中富有，充滿自信，他的婦人絕不躲在花後，花也豐滿而擁擠；花旁邊放的當然不是針線，而是婦人的手套。

狄嘉，菊花與婦人，1865 年，油彩、畫布，73.7 × 92.7cm，美國紐約大
都會博物館藏。

　　當時的文藝界，與法國大革命的風潮
同時流行的，還有提倡描寫「生活英雄」
的寫實主義。米勒雖然對革命、對社會主
義沒有多大的興趣，但是在沒沒無聞的農
民中發現了他心目中的英雄，而且在農民
的生活上捕捉到真實。

在巴比松，米勒如魚得水，像回到家鄉。在巴黎的那十年，他從來沒有笑過，大都市裡充滿勢利小人，他既沒有學問也沒有錢，時常感到自卑與失落。可是在鄉下，他可以跟人談農事，可以在教堂幫牧師的忙，可以向老祖母們問好，覺得自己又回到了青春年少時，覺得天天與太陽一起醒來真是開心，出門嗅著田野氣息，回家聞到麵包烤好的甜香，這才是生活，這才是他所想要的生活。這時候，他終於找回了自己，也找到了他要走的方向，現在，他只想畫他自己要畫的，並且隨時隨地都能找到靈感。最使他開心的是在這兒，他交到一個好朋友盧梭。

種洋芋的人，1861 年，油彩、畫布，82.5×101.3cm，美國麻州波士頓美術館藏。

32

33

34

攪製奶油的婦人，1866
年，黑色蠟筆、粉彩，
122×85.5cm，法國巴
黎奧塞美術館藏。

烤麵包的婦人，1852～1856 年，黑色炭筆、鋼筆、褐色墨水，37 × 30.5cm，美國麻州劍橋哈佛大學福格美術館藏。

36

這個畫風景畫以寫生楓丹白露森林而出名的盧梭（後來那個畫想像中的森林和夢中的獅子與吉普賽人的盧梭是他們的晚輩）正好跟米勒相反，他是生在巴黎的巴黎人，因為崇尚自然，到處旅遊寫生，在巴比松租了一間小屋做畫室，在米勒還沒有定居巴比松的時候就以一幅〈楓丹白露之晨〉得過美術學院的沙龍獎。他是真正的自然主義派畫家，他畫樹畫牛就是不畫人，但米勒做不到，米勒畫的風景非得跟人相連不可。

37

鵝池前的農家小孩，約 1865～1868 年，粉彩、黑色蠟筆，36 × 50cm，美國紐哈芬耶魯大學畫廊藏。

好「ㄏㄠ」在「ㄗㄞ」米「ㄇㄧ」勒「ㄌㄜ」打「ㄉㄚ」定「ㄉㄧㄥ」主「ㄓㄨ」意「ㄧ」，他「ㄊㄚ」只「ㄓ」畫「ㄏㄨㄚ」自「ㄗ」己「ㄐㄧ」想「ㄒㄧㄤ」畫「ㄏㄨㄚ」的「ㄉㄜ」。他「ㄊㄚ」畫「ㄏㄨㄚ」餵「ㄨㄟ」小「ㄒㄧㄠ」孩「ㄏㄞ」的「ㄉㄜ」農「ㄋㄨㄥ」婦「ㄈㄨ」，學「ㄒㄩㄝ」走「ㄗㄡ」路「ㄌㄨ」的「ㄉㄜ」小「ㄒㄧㄠ」孩「ㄏㄞ」，紡「ㄈㄤ」紗「ㄕㄚ」的「ㄉㄜ」牧「ㄇㄨ」羊「ㄧㄤ」女「ㄋㄩ」，還「ㄏㄞ」有「ㄧㄡ」太「ㄊㄞ」太「ㄊㄞ」教「ㄐㄧㄠ」女「ㄋㄩ」兒「ㄦ」織「ㄓ」毛「ㄇㄠ」衣「ㄧ」的「ㄉㄜ」光「ㄍㄨㄤ」景「ㄐㄧㄥ」。

餵小孩的婦人，1860 年，油彩、畫布，74×60cm，法國里耳美術館藏。

米勒是個愛家、愛孩子的人（他一共有 9 個兒女），餵孩子吃奶、吃飯、吃藥，他畫起來最是溫柔而愉快。看，三個小姐妹坐在門檻上，表情都不一樣，但都那麼的乖巧可愛。家裡養的母雞也趕過來，就著陽光，就著那土牆老樹，後面依稀是工作中的父親。母親坐的小板凳還將就著孩子而前傾，小小的細節，卻無不滿溢著愛心。當初痢疾在巴黎流行，為了妻兒的安全，米勒才決定搬到巴比松的，沒想到這一搬成了他藝術生命中的轉捩點。

編織課程，1858～1860 年，油彩、畫板，41.6×31.8cm，美國麻州威廉斯頓克
拉克藝術學院藏。

中國有句詩：十三的女兒學繡，一枝枝不叫花瘦。詩中學的是繡花，這兒學的是打毛衣，母
親耐心的教著女兒，傳授的又豈是女紅而已？

他也畫正在播種的、接種果樹的、拄著鋤頭腰直不起來的農夫。

他最好的作品如：〈農休〉、〈拾穗〉、〈晚禱〉都是在巴比松完成的。其中〈農休〉是政府訂購的，〈拾穗〉得到法國最高榮譽的國家獎，〈晚禱〉在巴黎的世界博覽會中大出鋒頭。

他的畫，真的難以歸類：畫面的構成是古典的，主題是浪漫的，但目的是寫實的。正因無以歸類，他反而很自由。你看他的作品，跟莫內他們的「純印象派」好像格格不入，是不是？

可是，他們印象派第一次在沙龍開畫展時，也邀米勒參展。因為當時保守派的藝評家常罵莫內，而寫實派的評論者也常批評米勒。他們說米勒畫中的農家太過於美化，與真實的農家出入非常大。你看，〈拾穗〉的農婦衣服乾淨漂亮，布局完美有如舞臺。莫內和米勒兩人惺惺相惜，不大管別人的批評，各自在自己的路上堅持到底。

接種果樹，1865 年，油彩、畫布，80.5 × 100cm，德國慕尼黑現代美術館藏。

農休，1850～1853 年，油彩、畫布，67.3 × 119.7cm，美國麻州波士頓美術館藏。
米勒重要的傑作之一。他畫過兩張，一張油彩現存美國，另一張用粉彩、水彩、蠟筆等多種媒材畫的留在法國。他畫了兩年才畫成。

這是秋收的時候，忙一會兒、歇一會兒，大家都出動。草垛堆得愈高，收成愈教人滿意。好高好高的草堆，要用梯子才堆得上去。草旁休息，一面躲躲太陽，一面恢復體力。地主還給大家介紹一位新來的幫手，可能正是米勒剛由巴黎搬來時，他的妻子或女兒要加入農忙工作時的情景。畫中的人情味，隨著農村的工業化也許已逐漸淡薄了，但是米勒卻為我們永遠把它留住，使我們對那種純樸的大地之情，時時嚮往，依然懷念。

43

拾穗，1857 年，油彩、畫布，83.5 × 111cm，法國巴黎奧塞美術館藏。

圖中三個拾穗的婦人，或許就是米勒理想中的祖母、母親與妻子。從她們的辛勞中，他看出她們的美，從她們的工作裡，他看到人的尊嚴與大自然的次序。於是，他把浪漫與寫實合在一起來作畫。

可是，革命派說他用美來掩飾農民的苦，印象派說他畫得做作不夠自然。事隔百年，讓我們來為他評理：要怎樣畫才能更加引動我們心中那點美的共鳴？要怎樣畫才能畫出他的夢想來？他的夢想不過是希望用畫筆給他一生中至親至愛的人畫出一點榮耀與幸福來而已。

45

其_{く一}實_ㄕ，米_{ㄇ一}勒_{ㄌㄜ}相_{ㄒ一ㄤ}當_{ㄉㄤ}清_{ㄑ一ㄥ}楚_{ㄔㄨ}靠_{ㄎㄠ}天_{ㄊ一ㄢ}吃_ㄔ飯_{ㄈㄢ}的_{ㄉㄜ}日_ㄖ子_ㄗ並_{ㄅ一ㄥ}非_{ㄈㄟ}如_{ㄖㄨ}此_ㄘ的_{ㄉㄜ}開_{ㄎㄞ}朗_{ㄌㄤ}，如_{ㄖㄨ}此_ㄘ的_{ㄉㄜ}理_{ㄌ一}想_{ㄒ一ㄤ}化_{ㄏㄨㄚ}，因_{一ㄣ}為_{ㄨㄟ}他_{ㄊㄚ}自_ㄗ己_{ㄐ一}是_ㄕ過_{ㄍㄨㄛ}來_{ㄌㄞ}人_{ㄖㄣ}。但_{ㄉㄢ}是_ㄕ，他_{ㄊㄚ}想_{ㄒ一ㄤ}表_{ㄅ一ㄠ}達_{ㄉㄚ}的_{ㄉㄜ}是_ㄕ人_{ㄖㄣ}類_{ㄌㄟ}

46

秋天的乾草堆，約 1874 年，油彩、畫布，85.1 × 110.2cm，美國紐約大都會博物館藏。

比較米勒和莫內的這兩幅圖，就可以看出米勒作品的宗教性。

對米勒而言，風景賦有上天存在的意涵，他運用傳統手法中的光線與雲海翻騰的天空做這種強烈的暗示：人類與風景的關係是上天注定的，因此事物有永恆不變的秩序。而農民依賴土地，注定靠土地過活，他們在勞動中榮耀上天，從土地汲取每日的糧食。

而莫內的作品中就沒有這些暗示，風景跟上天或勞動的尊嚴完全無關。

的尊嚴和我們基本生活的內在精神。而那畫中內涵的氣質，就是他的宗教情懷。

　　米勒的宗教情懷，在他的畫中流露無遺，這是他從小在祖母懷中聽《聖經》故事時受到的薰陶。他看到的自然，是人在大化中有著一席之地的自然，而農民的勞動為的是榮耀老天爺。在十九世紀宗教沒落的法國，像米勒這樣「心中有神」的藝術家簡直是「稀有動物」。

莫內，乾草堆：雪景效果、陽光，1891 年，油彩、畫布，65×92cm，英國愛丁堡蘇格蘭國家畫廊藏。

他一直記得小時候有一次跟父親在田裡工作到很晚，天邊的晚霞都快要褪盡了光彩，他跟著父親慢慢往回家的路上走。忽然傳來遠處教堂的鐘聲，父親站直了身子，摘下草帽，虔誠的低頭默禱，然後對他說：「這就是神啊。」

米勒並不知道父親指的是鐘聲還是什麼，也不知道他自己當時為什麼那樣的感動，以至於在巴比松散步的時候，他一聽見鐘聲就想起來：想到任勞任怨的父親，想到父親脫帽禱告的樣子，想到家鄉，想到自己被改變的命運。夕陽中，晚風裡，當他心中的鄉愁像淚水一樣快要奪眶而出的時候，他拿起了畫筆開始畫這張不朽的〈晚禱〉。

48

也有人把這幅畫叫做〈晚鐘〉，因為他們的禱告是由於遠方傳來教堂的鐘聲的緣故。雖然教堂遠在黃昏的天邊，但是我們看這張畫時，卻彷彿可以聽見鐘聲，悠揚的飄出畫面……。

「在一片平靜的田野裡，他們的工作平安的過去了。當落日西沉的時候，教堂裡一聲沉重的鐘聲，輕輕的橫渡了這沉寂的田野，消失到太空的無限裡去。因此這忠實的農夫，放下了鋤頭，開始向上天致

謝，讓他們過了平靜的一天。這裡面帶著宗教淡淡的哀愁和對於生的滿足。」後來有位評論家這麼描述這幅畫。

在米勒心中，他知道他再也不可能回到農民中去，他只能好好用畫筆來畫。他用畫來榮耀他們，正像他們用田裡的勞動來榮耀老天爺一樣。即使沒有宗教情懷的人看了他的畫也會想起農人，想起曾經有一位農家的孩子，後來他當了畫家的故事……。

49

晚禱，1857～1859 年，油彩、畫布，55.5×66cm，法國巴黎奧塞美術館藏。

牧羊女，1863 年，油彩、畫
布，81 × 101cm，法國巴黎
奧塞美術館藏。

米勒小檔案

1814 年	10 月 4 日,生於法國諾曼第半島的農家。因父母忙於田裡的工作,祖母成為他從小最親近的人。
1824 年	10 歲才開始上學,但平日受祖母薰陶愛讀《聖經》,繪畫全憑自修。
1832 年	經由當地牧師的幫助,到附近的小城瑟堡當畫室學徒。
1834 年	父親去世,回到家鄉,但祖母堅持要他繼續畫畫,再赴瑟堡。
1837 年	得獎學金到巴黎去。
1840 年	第一次結婚。
1844 年	第一任妻子病逝,回家鄉。
1845 年	第二次結婚並帶妻子同去巴黎,因裸體畫容易出售,故常以此維生。
1849 年	二月革命後的巴黎,街頭常有暴動,加上痢疾流行,為了妻兒的安全,決心離開巴黎,移居巴比松。與自然派畫家盧梭為鄰並成為知己。
1853 年	祖母與母親相繼去世,但貧困依舊。
1855 年	畫作在世界博覽會中受到美國畫商的注意,生活漸有保障。
1857 年	〈拾穗〉在沙龍展出,終於在巴黎出頭。
1859 年	完成〈晚禱〉。
1867 年	〈拾穗〉等八件傑作在世界博覽會展出,另有〈養鵝少女〉及〈冬〉得沙龍首獎。
1871 年	重返巴比松。身體衰弱,請他作畫者日增。
1873 年	接受法國政府委任繪製大型壁畫,卻無法完成。
1875 年	1 月 20 日,在巴比松吐血而死。

附　錄

向藝術借靈感——米勒〈晚禱〉　　　　　　喻麗清

田裡的工作不知道什麼叫結束
天邊的晚霞都快要褪盡了光彩
慢慢往回家的路上
我童年的記憶一直跟著我到老

遠處傳來教堂的鐘聲
父親放下鋤頭　摘下草帽
虔誠的低頭默禱
鐘聲為無語而別的夕陽披上暮色
母親有一次卻對我說：
「這就是上帝。」

我並不知道她指的是鐘聲還是什麼
也不知道自己當時為什麼那般感動
每當我在離家千里的巴比松散步的時候
沒有鐘聲也想得起來
想起失落的上帝
想起虔敬與恬淡的意義

以及自己被改變了的命運

晚風裡
心中漲滿如淚水般的美麗
我拿起畫筆當鋤頭
種出生命的尊嚴與氣質

隱形的鐘聲不絕於耳
而我曾經許過的心願
依稀在視覺緩慢的腳步中
凝止……

53

藝術的風華・文字的靈動

兒童文學叢書・藝術家系列

榮獲行政院新聞局 2002年兒童及少年圖書類金鼎獎
第四屆人文類小太陽獎

~ 帶領孩子親近二十位藝術巨匠的心靈點滴 ~

喬托	達文西	米開蘭基羅	拉斐爾	拉突爾
林布蘭	維梅爾	米勒	狄嘉	塞尚
羅丹	莫內	盧梭	高更	梵谷
孟克	羅特列克	康丁斯基	蒙德里安	克利